Альфины Ангелы

ALFIE'S ANGELS

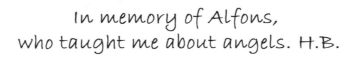

In memory of Alfons,
who taught me about angels. H.B.

For Mum, Dad and Daniel,
for your support and encouragement. S.G.

First published 2003 by Mantra
5 Alexandra Grove, London N12 8NU
www.mantralingua.com

British Library Cataloguing in Publication Data:
a catalogue record for this book is available
from the British Library.

Альфины Ангелы

Alfie's Angels

Henriette Barkow

Sarah Garson

Russian translation by Dr. Lydia Buravova

mantra

Альфи хотел быть ангелом.
Он видел их в книгах.

Alfie wanted to be an angel.
He'd seen them in his books.

Он видел их в своих снах.

He'd seen them in his dreams.

У ангелов есть крылья, и
ангелы могут летать.
Альфи хотел иметь крылья чтобы
он мог прилетать в школу вовремя.

Angels have wings and angels can fly.
Alfie wanted wings so he could fly to
school on time.

Ангелы могут танцевать и петь прекрасными голосами.
Альфи хотел петь чтобы быть в хоре.

Angels can dance, and sing in beautiful voices.
Alfie wanted to sing so that he could be in the choir.

За быстрым полетом ангелов не успевает взор.

Angels can move faster than the eye can see.

Альфи хотел перемещаться быстрее
чтобы он мог забить больше голов.

Alfie wanted to move faster so
that he could score more goals.

Ангелы бывают разных форм...

Angels come in all shapes...

...и разных размеров,

...and sizes,

и они могут делать самые невероятные вещи.

and they can do the most amazing things.

Альфи хотел быть ангелом.

Alfie wanted to be an angel.

Он видел их в книгах.
Он видел их в своих снах.

He'd seen them in his books.
He'd seen them in his dreams.

Ну, а раз в год дети могут быть ангелами.
Учителя выбирают их.
Родители одевают их.
Вся школа смотрит на них.

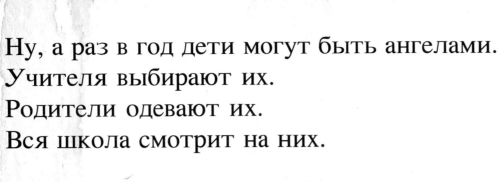

Now once a year children can be angels.
The teachers choose them.
The parents dress them.
The whole school watches them.

Учительница же Альфи всегда выбирала девочек.

Alfie's teacher always chose the girls.

Самых хорошеньких девочек. Девочек с длинными волосами. Девочек с большущими глазами и милейшими улыбками.

The prettiest girls. The girls with the longest hair.
The girls with the biggest eyes and the sweetest smiles.

Но Альфи хотел быть ангелом.
Он видел их в книгах.
Он видел их в своих снах.

But Alfie wanted to be an angel.
He'd seen them in his books.
He'd seen them in his dreams.

Когда учительница спросила: «Кто хочет быть ангелом?»
Альфи поднял руку.

When the teacher asked, "Who wants to be an angel?"
Alfie put up his hand.

Девочки засмеялись. Мальчики хмыкнули.

The girls laughed. The boys sniggered.

Учительница обомлела. Учительница подумала и сказала:
«Альфи хочет быть ангелом? Но только девочки могут быть ангелами».

The teacher stared. The teacher thought and said, "Alfie wants to be an angel? But only girls are angels."

Альфи медленно покачал головой,
и он рассказал учительнице всё об ангелах.

Alfie slowly shook his head,
and he told his teacher all about the angels.

Он видел их в книгах.
Он видел их в своих снах.

How he'd seen them in his books.
How he'd seen them in his dreams.

И чем больше Альфи говорил,
тем внимательнее весь класс его слушал.

And the more Alfie spoke,
the more the whole class listened.

Никто не смеялся и никто не хихикал над тем,
что Альфи хочет быть ангелом.

Nobody laughed and nobody sniggered,
because Alfie wanted to be an angel.

Ну, а это было как раз то время года, когда дети могут быть ангелами. Учителя научили их. Родители одели их.

Вся школа смотрела на то, как они пели и танцевали.

Now it was that time of year
when children could be angels.
The teachers taught them.
The parents dressed them.
The whole school watched
them while they sang
and danced.

Альфи был ангелом!

Alfie was an angel!